歌集

子規の旅行鞄

雁部貞夫
Sadao Karibe

砂子屋書房

アジア会館
'89
11
20
貞夫氏

*目　次

Ⅰ　平成二十一年（二〇〇九年）

III　平成二十三年（二〇一一年）

口絵・荒田秀也
装本・倉本　修

歌集　子規の旅行鞄

I

平成二十一年（二〇〇九年）

鮎の「うるか」

平成二十一年

花の下袴りりしく少女(をとめ)来る「奢りの春」と詠みしは誰か

棟の実いまだ青きを仰ぎ見て君をぞ思ふ健やかな日の

川床に暑さしのぎし日もありき鮎の「うるか」に盃(はい)を重ねて

わが家のエアコン彩る黄土色タバコのせゐかと吾も驚く

これからは莨(よきくさ)は「悪魔」と書くべしと硝子戸拭きつつ妻は威嚇す

カストロも愛でゐしキューバのシガリロか「コヒバ」は香るわが地下室に

手甲脚半　悼　片山貞美氏

君を悼む電報打ちに行かむとす発行所移転の前の最後の仕事

ただ一度手甲脚半の君を見き多摩の脊稜奥駆けをすと

飛ぶがごと尾根の岩根を越え行ける君と別れき雲取の道に

酔ふほどに君の歌声冴えまさり「戦友」の長き唄うたひ切る

古文講ずる君を「可愛いい」と囃したる落書ありき吾が教室に

若ければ宵々酒場に論じにき賃上げのスト打つか打たぬか

フランスの野に雛罌粟（コクリコ）をかざしつつ微笑みゐしと御子は泪す

ジャック・ダニエル

三階の編集室へ通ふもあとわづか手摺りに頼らず今日も上りぬ

踊り場の窓あけ莨をとり出だす三時の休みの吾が慣ひにて

稀に来てたのしむスコッチ二、三杯知る者の無きこの酒場よし

この店も今宵かぎりと注ぎくるる終の一杯ジャック・ダニエル

夢の歌作りし明恵を友言へど早やも忘るるきのふの夢は

ロマンスグレーといふ言葉あり灰色（グレー）より白色（ホワイト）と化しロマンスも失す

白玉のよそほひ衣

ゆくりなく吾が手に入りし鈴江氏の「林泉」創刊告ぐるその日の歌稿

新旧の友ら相継ぎ加はると喜びの声高らかに告ぐ

戦後短歌の興隆示す五首の歌さながら生ける歓び伝ふ

五十五年の時の流れを示すがに薄れし文字を書き写しゆく

嫁ぎゆく娘御詠みし歌のあり「白玉のよそほひごろも」着て出で立つと

「すでにわが處女(をとめ)にあらず」と詠みましき愛し子出だす覚悟示して

鈴江氏の歌稿わが得し二十枚ほのぼのとせり純粋な思ひに触れて

甲斐の友に

よき山々仰ぎ見る幸思ふべし北に八ヶ嶺南には富士

釜無川の流れ鎮めし跡見れば信玄びいきを吾も肯ふ

甲斐、甲府、山梨、甲州、中央市妥協許さぬ甲斐の心か

愛すべきは甲州葡萄と言ひまし し落合先生思はざらめや

雲峰寺の孫子（そんし）の御旗を行きて見む七百年の桜咲く頃

裂石より大菩薩越え「雁ヶ腹摺り」山　南に全き富士仰がむと

死の前夜友らと掬みしは「七賢」か終のその山見ゆる宿りに

深田久彌氏

ライカM3

「名機ライカよく見たまへ」と颯爽と銀座に働けり君四十歳

石井登喜夫氏三首

ドイツより入荷したての一台と手にとらしめきライカM3

いつ消えし金城カメラ商会か移り激しき時のまにまに

「ヒマラヤの壮途祝す」とニコンF貸与しくれし記者岸哲夫

ヒンドゥ・クシュに撮りしフィルムは八十本風見氏は何と千本超えき

西域を巡りめぐりて八千キロ笑み絶やさざりし風見武秀

青海湖(ココ・ノール)の岸にその妻立たしめきチベット高地の終の一枚

白糸納豆

ふるさとのスーパーに久々に見出たり祖父の始めし「白糸納豆」

維新後の貧しき会津を救はむと「白糸納豆」興しき祖父鶴吉は

「納豆には会津の小粒の豆がよし」祖父鶴吉の言葉記憶す

士族の商法嗤はれたりし日々あれどかにかく続く五代百年

三代目はわれに親しき従兄にて廃嫡されき放蕩せしと

国分津宜子いささか会津に縁(えにし)あり東海散士をうからに持てば

辛夷咲く背向に仰ぐ飯豊山餅(もちひ)の如く雪ゆたかなり

北会津数日

宵々の水割り楽しみ来しものを泉は涸れぬ朽ち葉の下に

吾が思ひ人には告げず地震（なゐ）あらば泉の水の蘇へるかと

「茹でてよし揚げてもよし」とひとつかみ媼はアスパラ摘みて呉れたり

この栃の太樹となるは見るなけむ花を掲ぐるその日待つべし

加賀の白山ふもとの谷に採りし実ぞ会津の吾が家に根付きたる栃

山法師ひと本咲けるに今日は会ふ梅雨の雨ふる吾がうら山に

ひねこびし楤の二番芽三つ四つ摘めば今宵の吾が酒は足る

北方植物園

札幌の街なかにして春楡の太樹茂れり屯田の世の

宮部金吾の百年前のノートありその英文に誤字見出だせず

クラークに学びし中の一人にて北方植物学を築きし金吾

宮部金吾ありてその弟子館脇操あり北方行の若き日の歌

絶滅せし種の見本としてここに立つ蝦夷狼の剝製一軀

札幌の街の明かりを見つつ酌む酒も又よし友去りゆけど

久々に円かなる眠りわれに来よ終の一杯ブラディ・マリー

阿修羅像

興福寺に見てより久しき阿修羅像人群がるを恐れて行かず

眉根寄せするどく射抜く眼持つ憤怒の相と言へど浄らに

鞭のごと強靱にして宙支ふ阿修羅は長き腕(かひな)広げて

少年か少女か知らず造形の自由ありしか飛鳥の世にも

学部卒へし記念の旅の奈良明日香吾の宿りしかの日吉館

タカアシ蟹の脚思はする阿修羅さんと語りたりしか吉野秀雄は

ダブル・ストック

中高年の登山者六百万ありといへど山のわが本売るに苦しむ

どの男女も二本の杖つき下りくるその足取りの千鳥足にて

何時よりの流行(はやり)ならむか二本杖ダブル・ストックなどと称して

ストックは一本有らば十二分岩場攀づるに始末のわるし

最新の科学の生みし装備持ち人は死にゆく「自然」知らねば

山岳遭難史に特異なこの例刻むべし大雪山にあまた落命

人寄せて山行く商法止めさせよ死者を鞭打つ訳にあらねど

伊那谷にて

森田草平晩年過しし寺二か所伊那谷深く入り行きて知る

漱石の娘を友と争ひし草平を思ふつひの御寺に

文明夫妻正俊京太郎集ひしを知りをるなるべし紅大しだれ

長篠に敗れし勝頼往き来せし伊那駒場(こまんば)の家並みひそけし

木曽駒は北の雲居に隠れたり山また山の緑の果てに

戦時下の少年常に飢ゑゐしと令法手にする木曽のこの友

II

平成二十二年（二〇一〇年）

稗の底

平成二十二年

八ヶ嶺の南の麓に隠れ里「稗の底」あり樹海の中に

「稗の底」の集落跡を訪ね行く落葉分厚き径踏み分けて

樅も松も太樹となりて空おほひ江戸期の石塔一基苔生す

米採れぬ高地に人ら棲みつきて幾世も耐へき稗食らひつつ

八ヶ嶺の伏流水の豊かなれば集落の裔ら水利権持つ

この友の教ふるは鳥獣草木のみならず隠れ吉利支丹の跡へみちびく

齢たけて今年会ふなき友三人わらび採らむと山歩きしに

神はバッカス

飛騨の友たまひし山草水培へば花保ちつつ冬越えむとす

自らその葉小さくなりゆくか草木といへど冬凌がむと

美田など残さむあては更になし吾が残さむは友への挽歌

荒みゐる今宵の心慰むと机上に微笑む神はバッカス

人間で言はば四十三、四歳ついこの間までをとめのミイコ*

*平成三十一年一月歿

久々に酔ひて帰れば膝そろへわが猫ミイコ玄関に待つ

千円の棚に見出でし『放水路』墨痕りんり土屋文明の自署

無駄遣ひと人は言へども善き本を手にして吾の日々ゆたかなり

終刊二つ

年明けて吾の心を騒立てる「銀花」と「宇波百合」ともに終刊

惜しみても余りあるとはこのことぞ『韮菁集』の跡を探りし歌誌も終はるか

この国の手仕事の美を伝え来し雑誌消えゆく不意討ちに似て

会員減ページ減にも耐へ得べし歌誌を愛する心保たば

ボロボロになりしと言へど尊かり復刊アララギのこの十九ページ

求書購書

著者の顔知らずに済ます今の本造り形ととのへ魂入れず

本読むは至福と詠めるを肯へどわびしともわびし硬貨一枚の本の売り買ひ

その硬貨一枚投じて救出す熊谷太三郎の歌集『雪明』

鎌田敬止力尽くししこの歌集小千谷の麻に天金の贅

白玉書房主人の最期は悲しかり病床抜け出しホテルに自死す

誰が付けし戒名なるか肯へず「文苑風流敬止居士」とは

越後村上再賦

「河口には何んにもないよ」と人言へど冬の荒らぶる海見て足らふ

軒に吊る三面（みおもて）鮭の寒ざらし見上げてあれば腹身くださる

禪定の僧に「海」の名多かりき「法（のり）の海」といふ語を思ひゐつ

木乃伊となりし鉄海さんもその一人補陀落渡海を志ししや

われの他に客一人なる冬の宿いささか酔ひて潮騒を聴く

戒色

大切に本を扱ふ気風失せやがては歌も滅ぶといふか

謙譲の美徳といふも今は死語コップの中の嵐を前に

『ポーリン戒色譚』いかなる本か辻まことの挿画多数と目録に載す

「戒色」とは簡潔にしてよき言葉もはや吾には無縁なれども

「深田署名本売る気はないか」と古書店主「生きてる間はムリだ」と答ふ

平家物語の「雪白き山」は「北岳」と記し呉れたり著書の扉に

深田久彌氏

手紙

岩切岑泰氏

久々の手紙にわが目を疑ひぬ「悪性肉腫と闘ふ」とあり

末期癌の「宣告」受けし文生々しヒマラヤに絵筆振ひしわが友なるに

十万人に一人の病腹立たし放射線治療すら受け得ざるとは

黄昏のいつ迄も続く高地シャーガリー雪嶺見つつ酒酌みたりき

四千メートルの高地を囲む雪嶺のパノラマ描きくれき一日かかりて

丸山ワクチンに頼りて凌ぐ友の日々秋の個展に命かけると

葛飾・立石行

荒川の鉄橋渡るは五年ぶりハープ橋見ゆわが家のありし辺りに

一軒のみ緑しるきは宮地邸蛙鳴きゐし沼すでになく

玄関に入りて絶句す紙反古積みて踏み行く余地を残さず

文明先生の「寛の水」の軸を背に語り合ひしかああ半世紀すぐ

古雑誌と本積みおくは我も同じ妻失はばかくの如きか

土手伝ひ自転車駆りて我が家に来たまひし君その若き日に

宮地伸一先生

荒川をわが越ゆるとき口に出づ「お才」は君に習ひし横瀬夜雨の詩

退院の近きを喜び先生の肩に手触れき痩せたまひたり

たまはりし『朝の螢』はわが宝書き込み多き改造文庫

先生に歌教はりて六十年つひに及ばず当意即妙の歌

別れ際にわが先生にささやきぬ「鰻とり召せ酒ふりかけて」

小酌を楽しむ吾に隣席の夫婦者言ふ「ここの鰻は天然もの」と

III

平成二十三年（二〇一一年）

明日香行

平成二十三年

いつの世の甍の欠片（かけら）か拾ひ持つ請安先生み墓辺のもの

み墓辺の檜は老いて枯れたれば香久の実一つわが奉る

遣唐使なべては大和へ帰化の人請安先生その一人にて

南渕（みなぶち）の元は「水渕」とわれも思ふこの谷明日香の水源なれば

雨あとの水音高き飛鳥川妻と辿りぬ芋峠まで

芋峠は吉野へ至る故き道耳我の峰に雲のわき立つ

津軽にて

（一）

防雪林切り拓きたる跡も見つ「新青森」の駅舎の近く

収穫の済みし林檎の樹々おほひ雪降りやまず津軽は今日も

角巻きはもう着ませんとにべもなし羽毛の服着てブーツを履けり

この友も老いて病めるか白老(しらおい)の鮭の乾干(サッチェップ)しいまだ来らず

もう一本つけませうかと内儀言ふ他に客ゐぬ鰻の店に

飯の粒余さぬ人は珍らしと亭主出でくる席立つ吾に

（二）

雪五尺積みし津軽の枯木平今宵の宿り嶽の湯近し

仏蘭西の獣肉料理（ジビエ）と言はば吾妹子も納得かマタギの料理は鹿と猪

少年の頃は厭ひしこの白子「菊」と呼びつつ父母は好みき

六十年経てば食感も変はるもの焼きし白子はねとりと旨し

時おきて屋根より雪の落つる音ヒバの湯舟に濁り湯を浴む

母方の祖父ら酒呑み父方は子沢山いづれの因子われに強きか

「炒りじゃこの歌」に寄す

君も吾も土屋選歌の生き残り月々の一首に命こめたり

渡辺専一氏へ

伊予を出でて筑前小倉に人となり君は努めき服商ひて

小さいが旨い蜜柑がアララギと芥川言ひき君の「炒りじゃこ」も滋味深くして

世を写し己の浮沈を詠みつづけ自らなるフモール伝ふ

妻君を看取り詠むとき衒ふなし忘れ難しも「辻が花」の歌

「朝の涼感」に寄す

酒に親しむ作品多きこの歌集うべなり君は麦酒会社の重役たりき

大原清明氏に

君の会社を創りし人を吾は知る日本山岳会の先達なれば

加賀正太郎氏

『瀟洒なる自然』を書きしは深田久彌なり君瀟洒なる歌詠みたまへ

「山」は聖者「海」は賢者の棲むところさしづめ君は酒の賢者か

ロマンの香漂ふ歌の中に忘れ得ず麦酒試飲のプロの眼（まなこ）を

晩年

処女作を『晩年』とせしその時の太宰の心を思ひみるなり

山の友と会ひて飲むとき饒舌となりゆく吾をしばし許せよ

ひと誘ひ宵の酒場へ入ることも稀となりたり吾が晩年か

一畳の書斎愛せし松浦武四郎おのが頭脳を書庫としたるか

電子書籍が書店を駆逐する世といへど手描きの蝦夷の大図うつくし

宮地伸一先生逝く　四月十六日

雷門より今戸への道ひた急ぐ御仏となりし先生に対面せむと

十三の時より学びて六十年つひの別れか御柩の君

「奥さんの歌詠むべし」と言ひくれき何の弾みか盃を手に

よく見ればみにくからずと詠みし歌先生流の妻ぼめの歌

「少し飲みて（シリキ・サジヤ）鰻食はむ」と言ひたりし店にて一人シリキ・サジヤする

妻のなき寂しさ時に口にせりよき女と出会はば俺も心騒ぐと

矢野伊和夫氏逝く

瀬戸内の春の島々導きぬ少し酔ひたる声朗らかに

宮地氏と君の対話は楽しかりき際どき話多く交ぢへて

声のメールはバッハの曲に始まりぬ神の声かとパルティータ聴く

アララギ戦犯論　進藤久義氏

城の崎に宿りし夜に「アララギ戦犯論」語りて君は執拗なりき

「戦犯にも等級あり」と歌よみを腑分けして厳しかりき君の舌鋒

難問をくり出す君に閉口し湯浴みしたりき宮地先生とわれ

アララギを救ひ得ざりし戦犯の「われはB級」と先生言ひき

茂吉先生語りて君は純なりき山形弁を丸出しにして

最上川源流の吊橋踏みしめて君は去りたり終の旅にて

石見鴨山行

「人麿」を読みて早くも半世紀いまも鎮座す書棚の奥に

酸ゆき酒人に知らえず捨てゐしと憲吉詠みき布野のこの家に

憲吉も茂吉も酔ひてペロリと舌出すと吉井勇は楽しげに書く

赤名峠越えて入りゆく石見の国朱あざやかに石州瓦

湯抱の湯に入らずとも吾はよし茂吉の鴨山うつつにぞ見し

「鴨山をここと定めむ」と書きし文字晩年なればやや力なし

恋を得し茂吉昭和のダンディズム　パナマの帽に白麻の服

日田の「うるか」

今年また鮎の季節となりたれどセシウム汚染すふるさと会津

かかるとき日田より山女魚のうるか来るああかたじけな今宵の二合

「集団となり凌ぐ」形も限界か人を信ずる気風薄れて

せせこましき人の物言ひ嫌悪して過ぎし幾年氷河踏まざり

「サッスーン」は上海和平飯店の創始者か一人楽しむかく合点して

丹波　安国寺

国東（くにさき）の安国寺よりカボス来る箱一杯に友のたまもの

活きのよき鯵の塩焼き卓にあり青きカボスの露したたらす

丹波にて詣でし寺は安国寺　尊氏の生誕地にてまた墓どころ

さまざまの国に数多の安国寺ルーツはなべて足利尊氏

安国寺の木彫の大き地蔵尊童子の如きほほゑみ残す

尊氏の墓傷つけし幾たりか逆賊と叫びて刀振ひき

Ⅳ　平成二十四年（二〇一二年）

香具山に登る　　平成二十四年

久々に山の頂に吾は立つ天の香具山低山（ひくやま）なれど

低山といへど大和国原見はるかす西に二上の双峯しるく

よく冷えし明日香の柿の実むさぼりぬダイオキシンのことは忘れて

病床の子規慰めし御所柿か明日香の丘に熟柿すすりぬ

香具山の麓に培ふ布袋草水の浄化を計らむとして

布袋草浮島のごと流れゐきブラマプトラの大河おほひて

雪　北会津二月

地震かと夜具はね除けて起き上る腹にひびける雪落つる音

山が鳴ると言ひゐし翁を思ひ出づ大地震(なゐ)ふりし前の年なり

風評ありて会津の米も売れぬといふ粒粒辛苦旨き米なり

雪に籠る今宵地の酒「弥右衛門」蕪のみぞれ煮ひと碗を添ふ

朝より雪ふりつづく北会津辛夷の花芽すでにふくらむ

タマリスクの会

銀座にも廉い所はあるのさとネオン灯りし路地へ入り行く

昨今の流行(はやり)か料理も小ぶりなりむしろ身のため古稀越えし今

隣室にをみなら笑ふ声のして蟹いく皿か運ばれ行きぬ

飲むが主か喰らふが主かヒマラヤを語る友らの声皆高し

年に一度の「タマリスクの会」這ってでも行くと葉書をくれしこの友

ヒマラヤ写真家　藤田弘基氏

来島海峡

星に詳しき先生なりき東京の星なき空を嘆きたまひき

宮地先生を憶ふ

幾十度この海峡を渡りしか時には甲板にワンカップ飲みて

妻あらば金の不自由なかりしと先生語りき旅の宿りに

わが妻に飯をよそひし島の朝「一寸やけるね」と本音の如く

若き日の相聞一首「彼(か)の人」を問へば「ヒミツ」と微笑みたりき

あの人はいつも見送りくれたりと広瀬きみさんを言ひきともに今亡し

悪魔のけむり

新幹線タンゴ鉄道のり継ぎて峰山に来つ先づは一服

歌の会始まる前の五、六分悪魔の煙を上げゐるは誰

他人（ひと）の莨喫ふなと戒めし芭蕉翁喫ひゐし莨は「水府」*なるべし

*水戸の古称

わが会津の御祖ら流謫の斗南（となみ）にて冬の慰め莨なりけり

「猛吹雪にて車百台立ち往生」ニュースに聞けり今日の斗南を

笑ひ浮かべて薄気味悪い女大臣（おとど）「煙草は安い」とうそぶいてゐた

発酵し熟成したるネイビー・カット*わがストックを彼奴は知らじな

*イギリスのパイプ・タバコ

わが地下にいまだ百本眠りをるハバナの葉巻良き香保ちて

「歌よみは下手こそ良けれ」と揶揄したる四方赤良の戯れ歌はよし

酒飲まず莨も知らぬ善き人ら悪魔の如き歌詠む不思議

楤の芽

五月なり楤の芽山に太る頃むらさき烟る安曇野の上

檜伐りし跡の楤山に妻と摘む今年の楤の芽よく太りたり

用意せし熊手に撓めて採らむとす拳のごとき楤の芽ひとつ

リュック一杯採りし楤の芽如何にせむ酒徒の友がら次々失せて

「あっそうか、京都へ行こう」ヒマラヤ本成りしを祝ふ友らが待てり

ヒマラヤの本祝はむと行く祇園「うなぎの寝床」の奥へ奥へと

満洲国のうらの経済左右せし男が通ひし酒亭かここは

麻薬王里見なにがしのこと問へば眉上げて亭主それより無言

山の土産の太き楤の芽一目見て無口の亭主破顔一笑

ヒマラヤの友あり酒あり妻がゐる明日は訪はむか柏木如亭の墓を

大川端　柳橋辺り

楼閣の如き料亭今はなし父に代はりて宴（うたげ）に出でしが

「学生さんの来る所ではありません」サイダー注ぎくれし老妓もありき

赤坂小梅の屋敷は今も残りゐる川風通ふ画廊となりて

大川端下りて行けば明石町　慶應立教青山明治学院発祥の地ぞ

行きゆきて勝鬨橋につき当たる経理学校の碑ありアララギの幾人（いくたり）か学びし所

思案橋

維新政府を転覆せむと企てし会津藩士の跡訪ねゆく

下町育ちの吾にも判らぬ思案橋江戸の切絵図眺めてあれど

江戸の世に船宿あまたありしといふ思案橋辺りか高速道の蔭に

繭玉を社の榊にかけ並べ何祈りしやビルの狭間に

橋の位置おほよそここか人形町と小網町の接する辺り

株屋らしき四、五人煙草を喫ひゐたり快生軒にてコーヒー飲めば

わが受難節

新宿の目抜き通りのシネコンに「サッチャー」観るは吾ひとりのみ

「鉄の女」の口調さながら演説すメリルは正調英語を己がものとして

迫真の演技といふか女宰相の老いゆくさまをかく克明に

ふかふかの席も居心地よろしからずひとりのみ観るこの二時間は

映画果てこの九階に見下せり御苑の桜いさぎよく散る

食らふといふ食感すでに消え失せぬ老舗の鰻余りに薄く

江戸の世に「けむり丼」といふものありき鰻の煙を飯にまぶして

この旨きもの食むことも絶えゆかむ鰻と吾に受難節来ぬ

松　戸　徳川邸にて

妻妾十人子らは併せて十八人豪気か烏滸か水戸の烈公

ご三家の当主といへど惑ひけむ十八番目の子の生れしとき

将軍職捨てし慶喜も靴脱ぎし大き石あり相州根府川の石

年々に射ちたる鴨の数記す或る年の数　百七十羽

墨堤の下広き屋敷の跡ありき水戸様と呼びてわれら遊びき

幸田露伴作りし校歌を口ずさむ「墨田の川は我が師なり」など

蝦蛄うまし

懸案のひとつ事成り盃かかぐ神田三崎町の路地を入り来て

ビール乾し暑き夕べの汗引けば昆布じめの魚しばし嚙みしむ

ばい貝の身をせせり出し酒すする君は「吉四六」われ「八海山」

久々に江戸前の蝦蛄二、三匹小樽に食みしものに劣らず

君が庭に蝦夷の山草とりどりに咲けるを見るつつ酒酌みたりき

悼　榎森智治氏

異人揚屋といふものありきと姿見坂行きつつ君は教へたまひき

「十勝の野づら」に寄す

十勝野に生を承けたる君の歌心して読む幾星霜を

茶の道に励みし日々に成りしかな喜びの歌哀しみの歌

古書積みし地下の書斎に過す日々時に憧る「無一塵庵」

柏の林を君らと歩み行きし日よ坂本直行の絵画見るべく

十勝野を拓きし坂本直行の絵の大らかさ学びたまへよ

尾花沢　銀山の湯

銀山のかつての毒も消え去るか沢に山女魚の斑点光る

尾花沢に紅花商人の家いくつ蕉翁十日の逗留の跡

銀山を開きし人は越の人湯宿の能登屋その草分けか

出羽の紅ぬらば活力みなぎると刀自言ひしがその慣ひ失す

谷こめて雨は土砂降り茂吉の碑訪ふをあきらめ出羽の酒酌む

「山びこ学校」に出羽の貧しさ知りし日よいま桜桃は倖せ呼ぶか

「わが雑草園」に寄す

穏やかなる刀自とばかり思ひしにわれ驚かす御歌しばしば

寺田刀自のために

広島に来りて祈るわれの場所「ドーム」は昔の産業館とぞ

産業館をボヘミアの技師に建てしめし寺田知事とは君の祖父なり

松井須磨子の写真しげしげと今日は見つ隆鼻術施しし君の岳父思ひて

雑草園と名付けてひとり家守る慎しくして勁きその生

「瀬戸の往き来に」に寄す

幾十度島の歌会に励みしや時には舟折の瀬戸を渡りて

浅野桂子氏へ

海老も蟹も食まざる先生の傍らに活きゐる海老を吾むさぼりぬ

宮地伸一先生

西域に吾が見し檉柳ここに咲く朱のその花数限りなく

木の浦の港去る時いつ迄も手を振りくれき年どしのこと

山下敏郎老逝く

鰻好む歌詠みて卒寿越えましき宮地伸一と山下敏郎

踊るごとき文字の葉書のいく枚か歌集のつひの頁に挟む

長崎に育ちし人とは知らざりき「鹿児島市坂之上」と記しし文字は親しも

吾がことを詠みたる一首見出でつつさながら浮ぶ君の面影

吾と吸ふ莨一本うれしとぞ鹿児島歌会の記憶新たに

氷川丸にてソロモン島より生還すその島に終戦交渉をして

空港にてピースひと缶渡し呉れき握りし御手の骨逞しく

鹿児島にて吾が忘れ得ぬ記憶二つ薩軍墓地と君の大きその声

抱琴軒*小景

＊抱琴は清の文人の雅号、以ってわが書斎の名とす

「書籍流」嘆きて逝きし君思ふ地震(なゐ)の恐怖をしばしば言ひき

乱雑の極みと言はむ吾が書斎したたか脛打つ俳諧辞典

野の百合の如くすがしと手にとりぬ友の書きたる『八木重吉』を

今日もまた崩れ来りて脛打てど本捨てがたし貧書生われ

「ながらみ」主人　歌集『入野』を送れとぞダダダと雪崩れし中の一冊

積み上げし本の二山(ふたやま)三山(みやま)越え着きたる椅子に息を弾ます

空間の乏しくなりし吾が書斎しかれど旨し今日も紫煙は

「阿羅々木」の創刊号が当りしとぞああ止められぬ本を買ふこと

ゆくりなく崩れし山より救ひ出だす『蕪村夢物語』奇書と言ふべし

子規一門の解釈ことごとく論破せし木村架空はそも何者ぞ

ジャズを聴き猫を相手に酒啜る鮒鮨もありこのとき至福

ラジオにて誰が歌ふかかの「ラルゴ」泪ぐましも夜は明けぬらむ

V
平成二十五年（二〇一三年）

金瓶にて

平成二十五年

金瓶の須川は酸の川魚棲まず蔵王の熱き濁り湯思ふ

北の空に浮ぶは出羽の月山か雪の山肌かげりもあらず

畑なかに「死にたまふ母」を焼きし跡茂吉の挽歌は生をも歌ふ

舌頭に千転せよと賜ひたる『朝の螢』はまるごと秀歌

歌懸の稲荷の神に守られてしかと歌詠む九十翁*きみ

*韮沢栄一翁

歌会終へしばし憩へる吾が前に友の醸せる新酒月山

人も吾も宥さむ心になりてゆく「悪人正機説」読みし今宵は

苦き思ひ噛みしめ噛みしめ向ふのみ選歌はつひに孤独の作業

歌よみに悪人居らずと言ひ切りし宮地氏まこと善き人なりき

堆き歌稿に善も悪もなしひたすら朱き筆振ふいま

たとふれば山のけもの道ゆく如し古書の幾山越えて吾が椅子

待ちまちし『菴没羅（あんもら）の花』* つひに来ぬ扉に五味保義様と生真面目な文字

*落合京太郎先生の著書

江戸のランボオ　柏木如亭

半世紀前、早稲田にて、森銑三先生に如亭の講義を受けしが、
近年声価高まり、岩波文庫に「詩本草」の入るを喜びて

高瀬川のほとりの酒場「蠟の涙（フラムボウ）」にて何語らむか秋の夜長を

わが子ほど齢離れし永田淳酒酌み語る夜の更けるまで

江戸の詩を教へたまひし森先生「如亭は江戸のランボオだよ」と

漢籍を読みこなすべしと一喝す宜なり碑の撰文はなべて漢文

東都すてて流氓生活三十年江戸のランボオ死せり京の貸座敷にて

柏木如亭お城大工の棟領にて廓通ひに家産蕩尽

遊蕩児如亭は諸国の魚食らふ越前の鱈越の塩引駿河甘鯛若狭は小鯛

京洛の名物次々に並べ立て終の一言「鰻は江戸」と

牧水も勇もどこか牧歌的とことん捨てし人を思へば

吾が好む若狭の小鯛の味評し「千金小姐」この言(げん)如何に

如亭の真似決してするなと若き日の星巌いさめき頼山陽は

赤貧の詩人亡き後よき友ら大き墓碑建つ「如亭山人埋骨之處」*

*京、永観堂のうら山にあり

岡村寧次の墓再賦

ベルコモンの脇を北上カフェの街その陰となりて長安寺*あり

*岡本寧次将軍の墓所

黒御影の石に岡村と彫りしのみ紅梅一枝おきて佇む

「岡村はよき人なり」と文明先生のたまひきかの将軍のみまかりし時

北京にて語り合ひしや生徒たりし川島芳子のその奔放を

上海租界を魚の如くに泳ぎゐし芳子を伝ふ「岡村日記」は

戦犯の罪免ぜしは蔣介石　二百万の邦人無事に帰国させよと

大間岬　厳寒

風の息はかるが如く進み行く一輛電車は「野辺地」の野づらを

降る雪に圧されてバスはあへぎつつ易国間（いこくま）蛇浦すぎて大間へ

酔狂な男と見しか翁言ふ「鮪食ふなら秋のうちだよ」

わが父祖ら飢餓に耐へたる厳冬期垣間見るべしこの雪の野に

「下北」に学と礼節伝へたる「会津」尊しと宮本常一

下北のいや果てに会津の裔のゐて見しむ「戊辰役戦死者人名録」を

父祖のひとりか砲兵隊士西村丙午死せり白河城の攻防戦に

どの家老もあまた婦女子を死なしめき刀振るひしは隠居の老いか

西郷頼母のうからの女二十余名自死せり最も稚きスヱ女は二歳

蝦夷の地と大間へだつる海荒れて船の影なし飛ぶ鳥もなし

よく見れば荒磯(ありそ)に翁は藻を苅るか胸まで覆ふゴム長はきて

井上靖『海峡』書きし部屋に寝て夜すがら聞けり雪の咆哮

平岩不二男氏逝く

自らの歌集は編まず逝きませり九十三年の生清々し

「無我」の額仰ぎてともに微笑みき大会前夜の比叡の御山に

比叡山歌会の準備ととのへて草子夫人のくつろぐ写真

先生の覚悟知りたしと君問ひきアララギ終刊の記事出でし夜に

新アララギ必ず出だすと言ひ切れば泪流しき小川左治馬は

奢りくれしステーキ二枚平らげぬヒマラヤ帰りのわれ若くして

新宮美恵子刀自

旋盤の歌を倦むなく詠みつづけ綾部に生きし八十余年

「磨ぐ」か「洗ふ」か米を巡りし小論争妥協せざりし君なつかしく

早起きして谷に湧く霧見給へと教へくれたる君も身罷る

亡き君を語れば不意に泪出づ宮地氏と草子氏語りゐし家に

平岩不二男氏を偲ぶ

この家の二階にしばしば酒酌みき下戸の不二男氏寝ねたるのちに

馥郁としてコルドン・ブルーは香に立てり眠らむ前の一杯の酒

ご先祖さま

『戊辰之役戦死者人名録』を示しつつ君はのたまふ「ご先祖さまを探しなされ」と

何人の伝へ呉れしや戊辰戦の父祖の戦死の場所年月日

白河の戦さにその父は行方絶つそれより流浪の愚庵の一生

米沢藩に援軍拒まれ自刃せり堀条之助三十一歳

米沢の町の外れに墓一つ援軍を乞ひて果さず腹切りし人

栃の木峠

敦賀より山谷深くのぼり来ていま眼の前に栃は咲き満つ

歳々に花咲き継ぎて五百年峠に栃の木は傾けり

柴田勝家この峠路を敗走し自死せり四日後北の庄にて

古の戦といへど怖るべし防御のいとま与へぬその勢ひは

木の芽峠の番所の裔に誰何さる桑原くわばら長居はすまじ

誰何する気持は今は肯はむ峠に群れ生ふ楤うど蕨

夢幻童子

今宵食む浜防風はほろ苦し石狩浜に摘みし日遠く

悼　笹原登喜雄君

石狩の川のほとりに鮭料理いく皿変へしや若き日われら

維新後の三十数年生き伸びて頼母は己が名墓に記さず

草むらに埋もるる石は武家の墓小さきに刻む「夢幻童子」と

男三人神田の路地に昼の酒酔ひて眠ればそこが故里

人は常に酔ひて愚かに振舞ふか酒に煙りに刹那の恋に

アペティプス・ラシオ・オベイディエン*

*「食欲は理性に従へ」

「学食」に過食戒むるラテン文字飽食の世の若者よ見よ

「学食」のメニューに多きイタリアン白子（しらす）おろしをわれ食ひたきに

「食べ放題」の朱の文字繁き食堂街いやな言葉だ「食べ放題」は

デパートの老舗支店の鰻めし鼻緒の如く細き二切れ

柏木如亭鰻は江戸と愛でゐしに気楽に食へぬ末世かこの世

大山（だいせん）の麓に友の掘りし独活なま味噌つけて食めば至福か

画廊コブ

吾が町の文化支へし画廊「コブ」六十余年の歴史閉ざすか

暑き日はここを選歌の場所とせり桜ジェラードの香を楽しみて

保手浜孝の版画いづれもあたたかし「貘」の絵一点大切に持つ

只の漫画にあらずと言へば微笑みき永島慎二もすでに亡き人

コーヒーと莨の香り漂へる中に安らぐひと時なれど

「コブ」の名の謂れをつひに聞かで止む町の変貌窮まりもなし

カフェ・ミニヨンにて

久びさに空は晴れたりモーツァルトのレコード聴かむカフェ・ミニヨンに

吾が街にカフェ・ミニヨンは今も在り心弾むよ階上るとき

古書店の棚に見出でし達治の『諷詠十二月』カフェにて読まむ今日の一冊

秋の日の和(やは)らかに差す窓に読む開巻の歌 真淵の酒讃歌

「言直(ことなほ)し心直し」と酒を酌む真淵にならひ麦酒一杯(ひとつき)

戦中のこの本吾をおどろかす刊行部数一万部なり

端ばしに戦時の世相を感ぜしむ漢詩文多く選びしことも

かの席に老いし物書きけふは居(を)らず『山の幸』*といふ本われ読了す

*深田久彌の著書

軽がると曲を作りしモーツァルト似てはゐまいか彼の啄木に

友だちになりたくない奴啄木と三枝昂之言ひにけらずや

啄木を学べと土屋文明語りゐき「貧」味はひし生活の歌

一本の葉巻くゆらし出で行かむ秋の日差しのあまねき街へ

Ⅵ

平成二十七年（二〇一五年）十月〜
平成二十九年（二〇一七年）七月

子規の旅行鞄

第一回

平成二十七年十月

（一）従軍記者

若き日の升（のぼ）さん足も達者にて海越え日清役の報道をせり

金州に鷗外*訪ひし若き子規鞄に記す「山雨海風」

*鷗外は第二軍兵站軍医部長

記者の待遇惨めなる様に怒る子規高粱殻に眠れぬ夜々を

戦跡は見しが戦闘は見ず終はる従軍記者の正岡常規

記者の待遇改善せよと訴へし当の相手が鷗外漁史とは

「徂征日記」に鷗外記す金州にて子規と歌俳を語り合ひしを

「徂征日記」よく読むべしと宮地伸一氏四国へ渡る船の上にて

役者は舞台で歌よみは赤ペン握りて死ぬがよし野天の湯にて宮地氏言ひき

子規居士は日夜を措かず筆写せり金州の鷗外に贈りしは几董の歌仙

喀血し命危ふき子規のせし佐渡国丸は元英吉利（イギリス）のアシントン号＊

＊一八七二年（明4）イギリスにて建造、総トン数一二五二トン

鷗外はしばしば子規庵訪ねゐき肯（うべ）なり根津と根岸の距離は数キロ

王朝の手練手管の歌の世界大掃除して子規は死にたり

（二）書庫を建てる

子規居士の筆写能力畏るべし俳書幾百写して止まず

子規全集の一冊丸ごと年譜なり初喀血は明治二十二年の五月九日

新刊書よく読む妻と古書購ふ吾かにかく我が家はパンク寸前

「パソコンがあらば簡単」なにを言ふ俺はいつでも本読む人さ

本購ひて十年寝かさば味出でむ葡萄酒だってさうするだろう

朗報一件わが阿佐ヶ谷に九坪の土地得て一万冊の書庫建てし人

その書庫は蝸牛の如き螺旋状わが生（あ）れし向島には露伴の蝸牛庵あり

今日よりの生き甲斐とせむ一万冊の背文字の見ゆる書庫建てむ日を

第二回　平成二十八年一月

（一）「古白遺稿」

子規の友永井は松山の人にしてその裔ならむ永井ふさ子は

信ぜよと茂吉学者の君は言ふ永井ふさ子に子のありしこと

子のゐても不可思議ならず情熱にあふれしふさ子の歌をよく見よ

愛恋の苦しみ歌に潜ませて左千夫、赤彦、茂吉そして文明

文明大人（うし）のその人言へり遠き日を語り尽くして魂抜けしと

人の世の悲しみ背負ひ南（みんなみ）のこの浜ゆきし節（たかし）と思ふ

十一月、日向青島にて

「鍼の如く」思ひてこの浜もとほりし文明からくも歌二首残す

「古白遺稿*」ただ一度見し古書展の籤に外れて飲む苦き酒

*子規の従弟・藤野潔（きよし）、始めは俳句のちに文学へ

「古白遺稿」に「築島由来」を読み得たりただ退屈な歌舞伎台本

文学の望みを絶ちて藤野古白ピストル自殺す二十四歳

拳銃を得むことさして難からず叔父の拓川(たくせん)*外交官にて

＊加藤恒忠、子規の縁者として終生援助、外交官

（二）「雨晴らし」の海

この浜に弟果てし「雨晴らし」久々に来て松の風聴く

海の上に雪の立山聳え立ち荘厳なりきかの日の葬り

羽振りよき頃の弟送りこし鰤捌きたるこの山刀

連帯保証のこはさ言ひゐし汝なるにバブル弾けて術なかりけり

大気動かぬ暑き日射しを避けむとし松の林に紫煙くゆらす

国守家持いかなる馬に乗りゐしや「越」の果てまで巡視の旅に

家持の一生かなしと詠みましきその歌きびしく正すといへど

文明作「稲架の間の時雨の雨に濡れて来て弱き歌よみの一生悲しむ」

誉一山荘今フレンチ・グルメの砦なり大関文明*の碑は変はらねど

＊文明作「草相撲大関文明の石文もこの降る雪に埋れつつあらむ」

一夜寝ねて氷見の浜辺を去らむ朝雲より出でよ剣・立山

第三回　平成二十八年四月

（一）北緯四十三度の鮎

病子規は世にも稀なる健啖家なにゆゑ川魚好まざりしや

「獺（だつ）」にしては不可解千万かはのうを鮎も岩魚も食はざりしこと

獺祭と名乗りし男日々食らふ刺身は鮪と堅魚が多し

鮎食はぬ伊予の山猿やつがれは会津の山猿しかし鮎食ふ

子規知らぬ蝦夷の余市の川に棲む鮎食ひに来ぬ落鮎のとき

余市にて鮎食らひしは十年前その時一尾分け合ひし妻

川のほとりに鮎宿二軒並び立つ北緯四十三度の鮎食はさむと

鮎料理かずかず卓を彩れど「うるか」のあれば先づは一献

稲包（いなづと）に揚ぐるもよろしさりながらじつくり塩にて焼きしが旨し

この旨き鮎を知らずに逝きし子規きみの味覚は偏つてゐた

バス列ね醸造所に来るは異邦人爆買ひ爆食そして爆飲

余市にも爆買ひの徒は押し寄せて試飲の洋酒はや底をつく

（二）波響筆「夷酋列像」

仏蘭西よりかつての蝦夷地へ帰り来し「夷酋列像」見むとして飛ぶ

冷笑あり憤怒の相ありアイヌの「御味方図」若き波響は何伝へしや

穏やかな面貌全く描かざりし波響は松前藩主の舎弟

「天覧」の誉れ得しのち「列像図」を大名あまた模写せしめたり

晩年の史伝に波響を伝へしもアイヌの画冊に鷗外触れず

函館に波響のアイヌ画見たる日の驚き詠みき二十年前

大幅(たいふく)の「釈迦涅槃図」のご開帳とくと見たりき妻と吾とは

奥州に転封*されし藩のために力尽くしき家老波響は

＊松前藩はその後ロシアとの密約ありとして奥州梁川へ転封され、しばらくのち奇蹟的に許されて松前へ戻った

第四回　平成二十八年七月

（一）ジタンの煙

升（のぼ）さんは莨を喫（の）まぬ人なりや遺愛の品に莨盆なし

日を継ぎて筆写に努めし暮らしにて莨娯しむ暇無かりしや

忌避さるる煙草の時代店頭に掲ぐるはよし「ジタン」はフランスの象徴なりと

鷗外は煙草好みきなかんづく葉巻喫へりと森茉莉しるす

独逸にて鷗外葉巻を喫ひゐたり今に遺れるシガー・カッター

眉根よせ煙草喫ひゐしジャン・ギャバン　ジタンの煙が眼にしみるゆゑ

ジタンとはジプシーのことフラメンコ踊る姿を煙が描く

二くち三くち喫はば終るかこのジタン　フィルター付けて辛味失せたり

両切りの時のジタンは苦かりき耐へて喫ひゐし仏蘭西かぶれ

羽化登仙の思ひとはこの水煙草氷河の迫る村の夕暮れ

（二）牡蠣・海胆そしてナイアガラ

残酷と言ひつつ女は海老を剝くそのとき瞳きらきらさせて

小樽産仔を持つ蝦蛄の旨しうまし鱈の白子は更にまた良し

岩牡蠣に相性よきは白ワインのナイアガラなり甘味濃厚

この味が何故わからぬか君食(は)まぬ牡蠣すすりゐる小樽の夜は

蝦夷の小樽子規のカバンの知らぬ街若き啄木さすらひし街

升さんに代はりて今宵飲み食らふ鮭の腹ら仔仔持ちの鮎も

小林多喜二息せき登りし地獄坂まことの地獄は東京築地署*

*一九三三年　築地署にて拷問を受けて死去

拷問受け死せる多喜二の写真見き少年の日の記憶まざまざ

会津出の父は威張る輩(やから)が大嫌ひ巡査役人校長坊主

槙有恒長岡藩士の血筋にて官学いとひ入りしは慶應義塾

第五回　平成二十八年十月

（一）単独行者（アラインゲンガー）　長塚節

何よりも単独行を吾は愛す「歌」の世界の節のごとく

山も歌もその究極は単独行個を貫くを本懐として

子規に出会ひ開眼したる節なりその二年のち子規は逝きしが

子規に会ひし二十一歳の節ゆゑ左千夫言ひけり「理想的愛子」と

子規と節　文明と相沢正かくのごと茂吉に若き弟子あらざりき

地図の上に朱線を引くを喜びて節は常に単独行者

参謀本部二十万図と笠と着ゴザ旅の必携と記す節か

深田久彌の遺せる地図の夥しその足跡を朱線に辿る

宿料を必ず値切る強かさ意外なる面節にもあり

薩南の開聞岳に立ちしとぞ喜びあふるる絵葉書十通

写生道極むる手立てに旅はよし茂吉山人言ひしことあり

（二）病者にして健脚

病持つ節なれども脚強し長旅するが生ける験（しるし）と

いづこにて節詠みしや「乗鞍岳」の十四首空の彼方に見たるその地は

乗鞍を把へし地点を断定す文明は「立石山」*よりの遠望なりと

*霧ヶ峰へ行く途次の山

立石山の実際を知る「我なり」と語気強き文明　昭和戦前

長く辛き旅を厭はぬ節ゆゑ写生を超えし歌詠み得たり

九州をひたすら南下し日向にて食らふ魚のなきを嘆きし

子規と節の童貞云々せし某先生秘かにわれは軽蔑せりき

死の床にをとめの写真秘め持ちし節の孤独を思ひみるべし

アララギの有力歌人にてただ一人先生と呼ばれざりし節たふとし

第六回　　平成二十九年一月

（一）節の単独行——奥州金華山より信州秋山郷へ

明治末年節は四十日の旅をせり手始めに先づ金華山行

松島より浦々辿りて「山雉（やまどり）の渡し」まで堅パン*かぢりて節歩みき

*この年凶作にて軍用の堅パン放出す

海峡のその幅わづかに八百米吹き降りの舟を節楽しむ

四十日の旅のさなかに踏みし土地　金華山会津佐渡『北越雪譜』*の秋山郷へ

*江戸期の越後の豪商、鈴木牧之の著

「大ナルハ径三尺並ハ一尺」と舞茸喰ひし喜びを左千夫へ報ず

秋山郷より苗場の山を越えしとぞだが無理ならむ脚強くとも

まことには苗場の麓の間道を辿りしならむ熊獲り名人の案内頼りに

散文をしきりに書きゐし節なれど吾が里踏みし歌なきは惜し

さり乍らなにゆゑ一首も残さぬか「幽邃限リナシ」と言ひし牡鹿の浦を

かく迄も節の心を駆り立てし思ひは何か本音聞きたし

（二）節の小遣ひ帳

資産家の子なれど節は几帳面旅の費用を細々しるす

徒歩の旅の疲れいやしし砂糖水一杯一銭五厘か今のいかほど

質素なる旅を続けし旅籠賃一泊おほむね五十銭なり

その頃の帝国ホテルの一泊は約六円節の長旅は今の二十万円ほど

山深き秋山郷の出湯にて日々の岩魚に節音をあぐ

信州と越後境ひの山の奥 出湯といへど木賃宿なり

塩焼きを吾は好めど日に三度の岩魚責めなり吾堪へ得るや

一どきに五匹の鮎を吾が食めどまことに旨きは二匹くらゐか

着ゴザにて野山に節は眠りしか今われ羽毛の服に安寝す

この人に孤独地獄は無かりしや単独行に齢(よはひ)重ねて

第七回　平成二十九年四月

（一）会津の本小屋

八十に迫る齢は考へず本小屋建つるオポチュニストわれ

幾つまで生きるつもりと揶揄されて「百は軽い」とうそぶく吾は

木の香ふんぷん大き書棚を仰ぎ見る磐梯山の西の麓に

わが書庫を抱琴軒と命名す子規門の若き抱琴*思ひて

*原抱琴、政治家原敬の甥

わが小屋に今日より掲ぐ「山間明媚」の書　鉄斎外史の文字奔放に

本小屋の成りしを喜び旅先より電報打ちし深田久彌は

九山山房すなはち深田氏の書斎にてヒマラヤ志願の吾ら屯す

槙有恒記しし「九山山房」の額の下ヒマラヤ夢見き五十年前

本棚の一段占めしスタイン本駆使せぬは惜し山に逝きたり

今の世に升さん在らば鉄槌下すべし肺腑を刳る歌なきことに

（二）影印本『竹乃里歌』

ゆくりなく屋台に見出でし影印本『竹乃里歌』八千円はいかにも廉し

八枚の札取り出だす指ふるへゐしと店主笑へど今は吾がもの

展示会に見るのみなりし四十年まへ二万八千円なりき垂涎の書は

その時の口惜しさ切なさ思ひ出づ月給と等しき価ひなりしか

黒々と歌ぬりつぶす若き子規王朝風の歌あまたあり

朱筆もて塗りつぶしたる歌もあり有りがたきかな影印本は

子規の歌評せし虚子と碧梧桐　歌俳一如の時代を思ふ

走り書きの歌も混ぢへて気品あり病子規の文字を鑑(かがみ)とすべし

残したる筆硯見れば並みの品筆選ばざりし子規の字はよし

明治三十年正月の歌記ししが最後なりそののち一年半の命保てど

第八回（最終回）

平成二十九年七月

（一）港の見える丘

港一望丘に上れば薔薇の園子規の画見むとアーチをくぐる

この辺り中島敦の通り道海彼の島に夢託せしや

子規囲む面々それぞれ鬚男歌俳革新の壮途の雄姿

「新免一五坊」棒術使ひと友言へど子規門のひとり句を作る人

新免武蔵(たけぞう)と仕合ひしたるは夢想権之助棒術使ひて友となりたり

権之助を棒術使ひと言ひし吾を生徒叱りき「杖術」継ぐと

若き日の健脚升さん地図を読み古き地形図に朱線ほどこす

「仙台」図見ればなつかし「ケバ」描法用ゐし地図は江戸の技法か

江戸の世に蝦夷地探りし武四郎「ケバ」描法の大図描けり

牛飼ひの左千夫の歌の「あらたし」は「あたらし」ならむと小高賢言ひき

かかる謎今日は解けたり短冊に左千夫は記す「阿らたし幾歌」

「十年の汗」を流しし升さんか吾らは道後の湯に身を清む

（二）終焉　「へちま」三句

『仰臥漫録』原本失せて五十年再び世に出づ絵の褪するなく

「竹乃里歌」かつて行方の絶えしかな誰かその謎解き明かすべし

「竹乃里歌」に「をり」止めの歌乏しかり間延びせむこと厭ひし故に

この歌詠みも「をり」止めの歌連発す「根絶やしすべし」と耕衣は言へど

「情」よりもエスプリまさる子規の性(さが)ひと世のうちの句はいく万か

升さんはつひに俳句の人なるか苦しき息に「へちま」の三句

碧梧桐の渡しし紙に「仏」の句記せど足らず「へちま」の句添ふ

息絶えし子規を抱へて母は呼ぶ「さあ、もいつぺん痛いというてお見」

あとがき

「子規の旅行鞄」と名付けたこの歌集は、私の第六歌集に相当する。子規愛用の旅行鞄の実物は、現在では松山の子規博物館に所蔵されている。
その鞄には、子規の自筆の文字「山雨海風」の四文字が記されており、私は、第五歌集の題名として『山雨海風』をそのまま使わせてもらった。
今回の歌集の題名として「子規の旅行鞄」と命名した最大の理由は、本歌集の最も大きな連作（百六十首）の題を、この「子規の旅行鞄」と名付けて公表したことによる。
数年前に「現代短歌」誌の企画による三人の歌よみが競作するような形で、月々に交代し合って一回分二十首の作品を八回にわたって連載した。その時の私の連載の題名が「子規の旅行鞄」だったのである。

子規は晩年の「病牀六尺」で呻吟していた印象が余りに強いので、虚弱な人間のように思っている人も多いようだが、それは全くの誤解である。若い頃は旅を好み、「行脚」と称して諸方へ長途の旅を試みている。その代表的な例は、明治二十六年、二十六歳の時に行った奥羽行脚の旅で、七月十九日から八月二十日に及ぶ一ヶ月の大がかりな旅である。この時の成果は「はて知らずの記」として発表されているが、多くは芭蕉の「奥の細道」のルートを追うような形で行われている。

子規の愛弟子のアララギ初期の歌人、長塚節は子規よりも、もうひと廻りスケールの大きな旅を生涯にわたりくり返した。その多くは、三十日、四十日を要する大旅行で、当時の秘境の信州と越後の国境である秋山郷へ二度も旅している。彼の旅は徹底した徒歩の旅であり、単独行である。究極の登山は単独登山であるが、旅の究極も又、単独行、つまり常にアラインゲンガーとしての旅であり、「生」であったのが節の生涯である。

私は二十代から六十代に至るまで、十数回のヒマラヤ（広義の）行をくり返した。それぞれ約一ヶ月の山旅である。最長のもので、一度だけ約三ヶ月費やした。子規や節は年に一度大きな旅をしないと頭も身体もおかしくなると言っているが、私とて思いは同じだ。ヒマラヤ行のような長旅をする暇が全くなくなった私のストレスの解消法が、たとえ数日でも日本の「辺境」を旅することであった。子規の言葉「実景ならば何でも句になる」は「写生」の極意だと感じていた私は、実景を求めてこの十年間、さまざまな場所を訪れている。本歌集に登場する場所はその一部である。

本歌集には非常に多くの人名が出てくる。これは自分でも気になるくらいだが止むを得ない。学生時代、私は江戸人物誌の泰斗、森銑三先生の講義を受けていたが、或る時、森先生が江戸の漢詩人で武家であった柏木如亭の詩集を示し、「如亭は江戸のランボオだよ」と言われた一言に目覚めた。私は、この放浪の詩人の足跡を追い、さいごには京都の永観堂のうら山に如亭の立派な墓標を探しあてたが、それは今から数年前のことであった。

本書関連の江戸期の文人、画人、探検家、さらに近現代の登山家や文芸の先達、さらにヒマラヤで遭難して不帰の客となった先達、友人の諸氏は、私にとって歌わずにはいられない存在なのである。

子規は「房総行脚」の首途に当り「同行は笠にたのんで二人かな」(余りよい句とは思わないが)と吟じた。その「ひそみ」にならい、一首記したい。

わが旅はリュック背負ひて歩む旅ときには妻と同行二人(ににん)

平成三十一年三月吉日

北会津の雪の中で、　雁部貞夫

なお、本書は版元の砂子屋書房主人、田村雅之氏の特別のご配慮により、五月の佳節に刊行していただくことになった。

また、装丁は前歌集『山雨海風』の時と同じく、倉本修氏が工夫して下さるという。お二人に深く感謝の意を表して擱筆する次第です。

著者略歴

雁部貞夫（かりべ　さだお）

一九三八年生まれ、早稲田大学卒。著述業。

日本山岳会永年会員、ヒマラヤンクラブ会員。

新アララギ代表。現代歌人協会会員。日本歌人クラブ参与。「斎藤茂吉を語る会」会長。

編書

深田久彌『ヒマラヤの高峰』（白水社）、『ヒマラヤ名峰事典』（平凡社）ほか多数。

著書

『カラコルム・ヒンズークシュ山岳研究』『岳書縦走』『秘境ヒンドゥ・クシュの山と人』（以上、ナカニシヤ出版）、『山のひと山の本』（木犀社）、『韮菁集をたどる』（青磁社）。

訳書

ショーンバーグ『異教徒と氷河』『中央アジア騎馬行』、ヘディン『カラコルム探検史』（以上、白水社）その他。

歌集

『崑崙行』『辺境の星』『氷河小吟』『琅玕』（以上、短歌新聞社）、『ゼウスの左足』（角川書店、赤彦文学賞）、『山雨海風』（砂子屋書房）。

歌集　子規の旅行鞄

二〇一九年五月二四日初版発行

著　者　雁部貞夫
東京都杉並区成田東五―三一―九（〒一六六―〇〇一五）

発行者　田村雅之

発行所　砂子屋書房
東京都千代田区内神田三―四―七（〒一〇一―〇〇四七）
電話　〇三―三二五六―四七〇八　振替　〇〇一三〇―二―九七六三一
URL　http://www.sunagoya.com

組　版　はあどわあく

印　刷　長野印刷商工株式会社

製　本　渋谷文泉閣